지구야
미안해

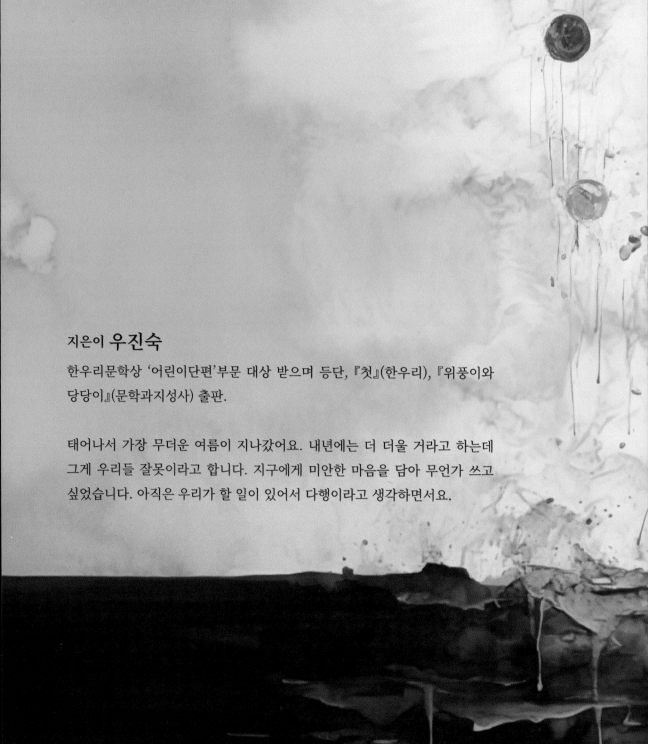

지은이 우진숙

한우리문학상 '어린이단편'부문 대상 받으며 등단, 『첫』(한우리), 『위풍이와
당당이』(문학과지성사) 출판.

태어나서 가장 무더운 여름이 지나갔어요. 내년에는 더 더울 거라고 하는데
그게 우리들 잘못이라고 합니다. 지구에게 미안한 마음을 담아 무언가 쓰고
싶었습니다. 아직은 우리가 할 일이 있어서 다행이라고 생각하면서요.

지구야 미안해

글 우진숙

도서출판
곰단지

나는 노래하는 걸 좋아해요.

하지만 못 부를 수도 있어요.

나는 달리기를 좋아해요.

하지만 시원한 바람을 맞으면서 달릴 수 없을지도 몰라요.

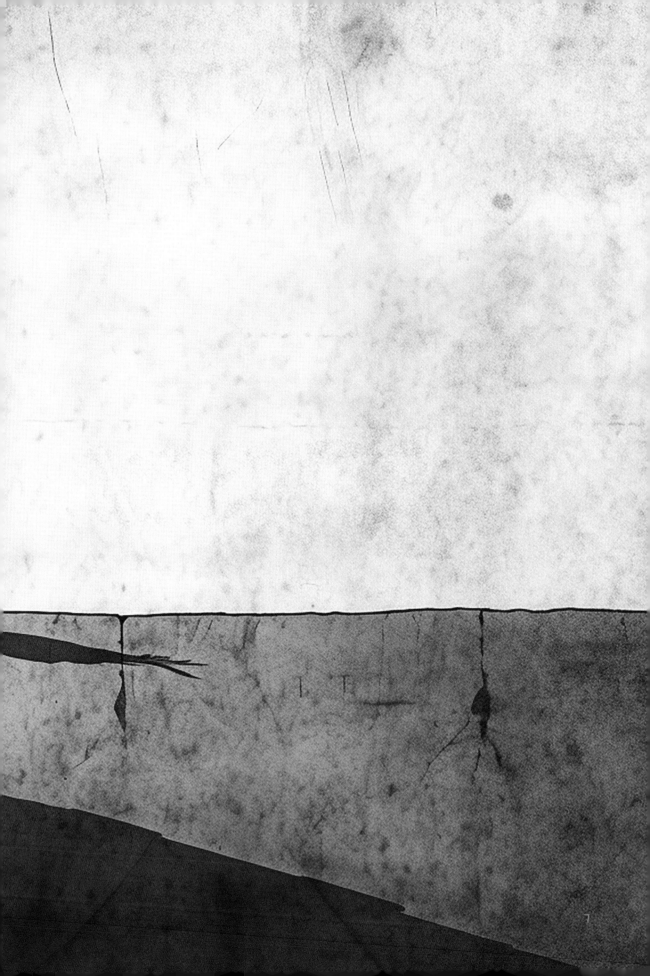

나는 밖에서 놀고 싶어요.

하지만 못 놀 수도 있어요.

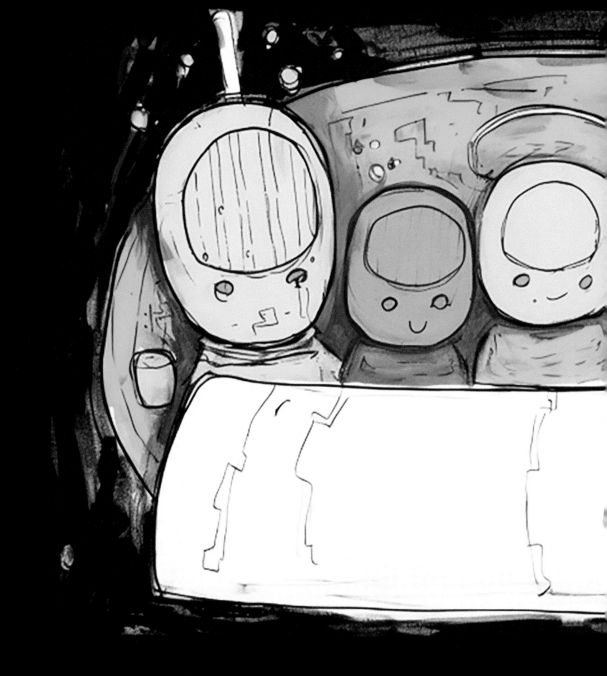

나는 친구들과 노는 걸 좋아해요.

하지만 그러지 못할 수도 있어요.

나는 푸른 하늘을 바라보는 걸 좋아해요.

하지만 이젠 못 볼지도 몰라요.

지구가 아파서 밤이 더 깜깜해질지 모른대요.

미안한 지구에게 내가 할 수 있는 일이 있어요.
다행히 아주 많아요.

지구를 위해, 나를 위해 지금 우리가 할 수 있는 일은?

지구를 위해, 나를 위해 지금 우리가 할 수 있는 일은?

지구를 위해, 나를 위해 지금 우리가 할 수 있는 일은?

지구를 위해, 나를 위해 지금 우리가 할 수 있는 일은?

27

늦지 않았어요.

그러면
나는 오늘 무엇부터 할 수 있을까요.
찾아보아요.

나는 오늘

지구야 미안해

지은이 | 우진숙

발행일 | 2024년 11월 20일

발행인 | 이문희
디자인 | 김슬기
AI그림 | 성수연
발행처 | 도서출판 곰단지
주 소 | 경남 진주시 동부로 169번길 12 윙스타워 A동 1007호
전 화 | 070-7677-1622
팩 스 | 070-7610-2323

ISBN | 978-11-89773-93-9 73810
가 격 | 15,000원

이 책은 경남문화예술진흥원의 문화예술지원을 보조받아 발간되었습니다.